Tous compagnons, foi de dragon!

Un livre contre l'intimidation et l'exclusion
(pour enfants et dragons)

Jean E. Pendziwol

Illustrations de **Martine Gourbault**

Texte français d'Hélène Rioux

Éditions
SCHOLASTIC

Par une belle journée ensoleillée du mois d'août,
je rencontre le dragon près de l'anse. Nous avons rendez-vous.

Il a apporté son bouclier tout comme son ourson.
En le voyant, je dis : « Viens, je sais ce que nous ferons! »

Aujourd'hui, nous serons de vaillants chevaliers.
Mais pour cela, nous devons être bien préparés.

À la maison, nous trouvons tout ce qu'il nous faut :
carton, colle, ruban, papier argenté, bois et ciseaux.

Nous coupons et nous assemblons. Puis, revêtus de nos armures,
nous nous apprêtons à vivre de grandes aventures.

« Allons de par le monde, dis-je, brandissant mon épée.
Des missions attendent là-bas les nobles chevaliers! »

Papa se joint à nous. « Enfourchez vos montures! Au galop!
Allez vite retrouver tous les autres à Camp Camelot! »

Une fois au pont-levis, papa nous souhaite bonne journée.
Un tournoi nous attend! Le dragon et moi avons hâte d'y participer.

Rapides comme le vent, nous galopons tous deux. Mais soudain,
trois coquins surgissent et nous barrent le chemin.

« Halte-là! crie l'un d'eux en ricanant. Voyez-vous ce que je vois? »
Il fixe le dragon, dont les yeux se remplissent d'effroi.

« Un dragon! » Il esquisse un sourire méprisant. « Je te l'ai déjà dit.
Tu es trop gros, trop grand, trop vert. On ne veut pas de toi ici! »

Il lève son bouclier et rugit : « Chassons-le de notre territoire!
Mettons l'ennemi en déroute! » et il lui jette un regard noir.

Mon pauvre ami, la tête basse, tout penaud,
s'éloigne tristement en nous tournant le dos.

L'épreuve n'est pas finie, hélas! Le jeune fanfaron
s'approche de mon ami et lui prend son ourson!

« Hé! attends une minute! dis-je. Tu ne joues pas franc-jeu.
Le dragon est un chevalier loyal et valeureux!

Personne ne devrait jamais être traité ainsi.
Rends-lui son ourson, et jouons comme des amis. »

Il éclate de rire. « Les dragons ne sont pas des chevaliers,
riposte-t-il. Pas question de laisser celui-ci s'amuser. »

Les trois voyous s'éloignent. Nous restons déconfits.
Je vois de grosses larmes couler des yeux de mon ami.

« Je sais ce qu'il faut faire, lui dis-je. Allons, viens avec moi. »
Je souris. « Nous allons de ce pas demander l'aide du roi. »

Trouver la cour du roi demande un certain temps.
Arrivée devant lui, je rapporte les faits humblement.

« Ce que vous dites est grave, répond le roi. Vous avez bien raison.
Vous adresser à moi est une sage décision.

Qu'on aille sans tarder chercher ces trois félons.
Autour de la table ronde, ensemble nous discuterons. »

La reine prend par la main mon ami le dragon;
ils s'en vont en promenade dans les environs.

Les trois chevaliers sont bientôt retrouvés.
Puis le chef de la bande, ses amis et moi sommes rassemblés.

« Qu'est-ce que cela veut dire? demande sévèrement le roi.
Était-ce bien ou mal de traiter ainsi le dragon, d'après toi? »

Je renchéris : « A-t-on déjà cherché à t'intimider?
As-tu déjà pensé que personne ne pouvait t'aimer? »

Nous restons-là, assis sans parler, un long moment.
Puis le vilain chevalier lève la tête et nous regarde. Finalement!

« Je me suis senti malheureux, dit-il, je l'avoue.
On m'a déjà harcelé, et ça ne m'a pas plu du tout.

On m'a dit que, pour jouer, j'étais beaucoup trop jeune et trop petit,
mais j'ignorais que les dragons pouvaient se sentir rejetés, eux aussi. »

« Je veux que tu comprennes, dit le roi fermement,
qu'ici, nous ne tolérons pas de tels comportements.

Il te faut réparer. Je te mets à l'amende :
Trouve donc un moyen pour que tout le monde s'entende. »

Après s'être incliné, tel un preux chevalier,
il accepte sa mission. Nous pouvons nous retirer.

Un peu plus tard, en nous installant pour pique-niquer,
nous voyons la bande s'approcher.

Mon ami se redresse. La tête haute, courageux,
il regarde sans broncher le chef, droit dans les yeux.

« Tu peux jouer, lui dit le chevalier. Je me suis mal conduit. »
Puis il tend la main et rend l'ourson à mon ami.

Sur un parchemin, ensemble, nous écrivons un décret.
« Nous, chevaliers, promettons de ne jamais

voler, blesser les autres ou leur faire de la peine. »
Puis, genou à terre, nous saluons le roi et la reine.

Dans l'écurie, cinq chevaliers de la Table ronde
choisissent leurs chevaux pour parcourir le monde.

En quête d'aventures, nous repartons sur l'heure,
liés par notre entente et dans la bonne humeur.

C'est alors qu'on entend un appel de détresse.
« Allons-y! » crions-nous tous en chœur, pleins de noblesse.

Au pied d'un arbre, nous voici réunis. Incapable de descendre, un chaton haut perché tremble de tous ses membres.

« Rien à faire, c'est trop haut, dis-je en soupirant.
Ce chat est pris au piège. Nous sommes impuissants. »

Mais sire Dragon s'avance, allonge son grand bras
et attrape le chaton pour qu'il ne tombe pas.

Sur le sol, notre héros le dépose doucement
tandis qu'autour de lui, nous entonnons ce chant.

« Vive messire Dragon, gros, grand, vert et vaillant chevalier!
Tu es notre champion! Tu as sauvé l'animal en danger! »

Nous passons la journée en joutes et en tournois,
sur nos fidèles coursiers, à accomplir mille exploits.

Mon ami le dragon rayonne de fierté,
car nous l'avons élu le plus brave chevalier.

Le serment du dragon

Mes paroles et mes actes servent à aider les autres et non à leur faire du mal.

Si une personne ou moi-même sommes victimes d'intimidation, je vais chercher de l'aide.

Je ne favorise jamais l'intimidation.

J'apprends à accepter les autres tels qu'ils sont et je les traite avec gentillesse.

Le dragon sait ce que l'on ressent quand on est victime d'intimidation et, avec son amie, il fait ce qu'il faut pour résoudre le problème. En lisant *Tous compagnons, foi de dragon!*, parlez de ce qui arrive au dragon et à l'enfant, et expliquez les termes « intimidateur », « victime » et « témoin ». Il est important que les enfants et vous discutiez de la conduite à adopter dans ce genre de situation et que vous déterminiez ce qu'ils doivent faire quand ils sont victimes d'intimidation ou qu'ils en sont témoins. Soulignez l'importance d'être un témoin positif en allant chercher de l'aide et de ne jamais participer à l'intimidation en riant ou en encourageant les actes de l'intimidateur.

Rappelez à votre enfant que l'intimidation ne se limite pas à blesser ou à harceler une personne. C'est également empêcher quelqu'un de jouer ou l'exclure d'un groupe, se moquer de lui, lui dire des choses méchantes ou dire du mal de lui, le menacer ou lui prendre quelque chose qui lui appartient.

À titre de parents, de gardiens ou d'éducateurs, nous avons un rôle très important à jouer pour briser le cycle de l'intimidation. Nous devons aider les enfants à apprendre l'empathie en recherchant des occasions d'enseigner la bonté, la tolérance et l'acceptation.

Si tu es victime d'intimidation, rappelle-toi ceci :

- Ce n'est pas ta faute! Personne ne mérite de se faire harceler, et le problème ne vient pas de toi.

- Redresse-toi, essaie de ne pas avoir l'air effrayé, garde la tête haute et éloigne-toi.

- Va chercher de l'aide! Tu trouveras peut-être cela très difficile, mais tu dois en parler à un parent, à un enseignant ou à un entraîneur. Continue à parler de ce problème jusqu'à ce que quelqu'un t'écoute et fasse quelque chose pour t'aider.

- Ne réponds pas à l'intimidation par l'intimidation. Riposter pourrait être la source de nouveaux problèmes, et ce n'est certes pas une solution.

- Imagine un plan grâce auquel tu seras en sécurité jusqu'à la résolution du problème. Tu pourrais, par exemple, emprunter un autre chemin pour te rendre à l'école.

- Entreprends une activité qui te donnera confiance en toi. Tout le monde est doué pour quelque chose!

Nous pouvons tous contribuer à faire cesser l'intimidation. Voici une liste de mesures dont nous pouvons discuter et que nous pouvons appliquer ensemble :

- Rappelle-toi qu'il faut toujours traiter les autres comme tu veux que les autres te traitent. Les intimidateurs s'attaquent souvent aux personnes qui ont quelque chose de différent, que ce soit par leur apparence physique ou leur façon de s'habiller. Apprends à accepter les autres comme ils sont. Nos différences font de nous des personnes uniques!

- Apprends à distinguer entre dire et médire. On médit pour causer des ennuis aux autres. On dit les choses pour aider et résoudre un problème.

- Si un enfant que tu connais ou toi-même êtes victimes d'intimidation, va le dire à un adulte en qui tu as confiance. Continue à en parler jusqu'à ce que tu reçoives de l'aide.

- Sois un témoin positif. Ne favorise pas l'intimidation en riant, en applaudissant, en approuvant ou en encourageant la conduite de l'intimidateur. Prends parti pour la victime. Dis à l'intimidateur d'arrêter, et va raconter à un adulte ce qui se passe.

- Certains intimidateurs se conduisent mal parce qu'ils ont eux-mêmes des problèmes et certains sont eux-mêmes victimes d'intimidation. Ils n'en sont pas excusables pour autant mais cela peut révéler qu'ils ont aussi besoin d'aide.

- Informe-toi pour savoir s'il y a un programme anti-intimidation dans ton école. S'il n'y en a pas, tu peux contribuer à en mettre un sur pied. Ce programme doit comprendre de l'information sur l'intimidation, une supervision vigilante ainsi que l'établissement et l'application de règles et de sanctions.

À sire Ryan, le noble, avec amour – J.E.P.

À Jennifer, mon amie et ma source
d'inspiration – M.G.

Nos remerciements à Tara Gauld, planificatrice, Promotion de la santé, Programme de prévention
des blessures et de la violence familiale, Service de développement du jeune enfant, Unité de santé
de district de Thunder Bay; à Sean Mulligan, policier des services de police de quartier, Service
de police de Thunder Bay.

Catalogage avant publication de Bibliothèque et Archives Canada

Pendziwol, Jean
[Tale of Sir Dragon. Français]
Tous compagnons, foi de dragon! : un livre contre l'intimidation et
l'exclusion / Jean Pendziwol; illustrations de Martine Gourbault ; texte
français d'Hélène Rioux.

Traduction de: The tale of Sir Dragon.
Pour les 3-7 ans.
ISBN-13: 978-0-439-94260-7
ISBN-10: 0-439-94260-8

1. Intimidation--Romans, nouvelles, etc. pour la jeunesse.
I. Gourbault, Martine II. Rioux, Hélène, 1949- III. Titre. IV. Titre:
Tale of Sir Dragon. Français.

PS8581.E55312T3514 2007   jC813'.54   C2006-905452-5

Édition publiée par les Éditions Scholastic, 604, rue King ouest, Toronto (Ontario) M5V 1E1,
avec la permission de Kids Can Press Ltd.

5 4 3 2 1   Imprimé à Singapour   07 08 09 10

Les illustrations ont été créées au crayon.
Conception graphique : Karen Powers.